令和川柳選書

終活ユーモア句集

本荘静光川柳句集

Reiwa SENRYU Selection
Honsho Shizumitsu Senryu collection

新葉館出版

令和川柳選書

終活ユーモア句集 ■ 目次

令和川柳選書

終活ユーモア句集

Reiwa SENRYU Selection 250
Honsho Shizumitsu Senryu collection

第一章　このごろ

目には目を歯には歯を耳にはメカを

骨のある新聞一強叩く記事

少なすぎても困る筈所得税

安全と言ってはならぬ予報官

百年洪水いまや一年おきに来る

災害水源台風の裏表

天は上の札を作らず諭吉去る

勝ち組負け組ゼロサムと読む令和

年金枠の旅行カルチャーたかが知れ

一を聞き三を知る位が無難

6歳のカラオケあの世酒不倫

三百六十四日は母と子供の日

止まらない「はやぶさ」もああ上野駅
高くついた銀座の恋の物語
負け惜しみどうせ拾った恋だもの

うたごえもカラオケも新宿そだち

惚れた振られた思い出は雲に似て

終活の線路は続くどこまでも

黒田節下戸のマイクによく響く
夢に聞くメロディー五線譜に乗らず
歌さまざま明日があるさ明日はない

駄句駄句と詰め合わせ締切の朝

力作も駄作も同じ資源ゴミ

演歌は女カンツォーネは男の悲恋

家計簿の目玉交際医者旅行

ブービー賞一番乗り気だった奴

メダルには一歩届かぬ日本新

マジックと詐欺金のからみが分かれ道

ハンドルが怖い同年代の事故

喜寿に想う俺じゃやだめかと言った人

登れなくなっても続く山の会

アリア童謡演歌ミックス歌の会

気張らずに軽くステップ舞踏会

サイエンスの先端シニア学習会

還暦を過ぎてにぎわうクラス会

川柳もすこし入選俳句会

観光風車水を汲んでた過去もあり

冷凍庫すし詰めにした五割引

食物連鎖要は弱肉強食か

これも強運大凶を二度引き当てる

ぬれぎぬと言い切れぬ心のひけ目

去る者は追わず来る者見当らず

知り過ぎたのね感激のない旅路

統計が語るこの国の冷え込み

喪中百歳透けて見る家族の労苦

九年ぶり常磐線に客ありや

人一倍これは二倍の事らしい

少しずつ秘密もあって良い夫婦

ちと変か睡眠薬をコーヒーで

洋食のマナー日本で小うるさい

足の爪切るもどかしさ年を知る

スーパーは20時半額に生きる

月並みで何が悪いか平均値

スピード落せとあり駅伝の路面

美しい名のウイルスがせばめる世
コロナから見れば生き抜く場所さがし
ウイルスの名かと太陽苦笑い

マスクとは本来息あたためるもの

コロナ怖しでは元とれぬ定期券

咳一つ聞こえて怖くなる電車

ワクチンの遅れ日本の秋を知る

濃厚というのはどれ位のこと

スペインに学ぶコロナは三年越し

ワクチン代バカ高いのか表示せず

経済速度法定超えで表示せず

季はめぐるコロナ禍も五輪も知らず

僕の年金マー君の2球分
8円の玉子がひねり出す賄賂
善戦に終始すなわち負け続け

不要不急こんなに居るか湯のけむり

週2回読めば安いか広辞苑

下戸ばかり集めて早し席じまい

身を助け身を切る芸の裏おもて

節税策何が違法か合法か

うたた寝に消えたが秀句だったはず

オフシーズン父の日とでも置いとくか

寝た時間気になるいわば自眠症

「使える」と「使う」は違う捨てましょう

三セクは行く不要不急を満載し

猛暑寒波いまや季節に寄り添わず

あと6年生きろと諭す統計値

八十路来てネクタイは黒だけで良い

補聴器にひびく三途の川の音

長生きをしそうな奴の終活句

Reiwa SENRYU Selection 250
Honsho Shizumitsu Senryu collection

第二章　くらし

じっくりと読む筈だった資源ゴミ

定年が担保それでもぼくの家

いい子です親が言うのも変ですが

このご恩忘れませんわ二三日

好きなだけ食べてスリムの夢捨てず

少年にかえせ半生未練あり

バッハから演歌までです僕の音
コチコチのステージほめてくれた人
コーラスのはしご音符が雨と降り

誰か聞いてると信じて持つマイク

長い目で見てねと歌う二十年

猫踏んだだけで眠っているピアノ

バス停に二三人居てほっとする

謹賀新年と師走に書くならい

喪中ごと年賀の糸も細くなり

温暖化ゴキブリを師走に叩く

捨てるには未練残せば場所ふさぎ

地でやれば良いと言われたいじめ役

上も下もガタガタ歯医者エンドレス
おまけ人生でも試すドック入り
ぼけたとか自分でわかる筈はない

悪い事したくて出来なかっただけ

人間ドック無駄だったとは幸せな

冥土への一歩それでも良い年に

控え目の恋が覚えた長電話
この奉仕惚れた弱味と人は言う
熱く手をつなぐ夫のある人と

義理チョコをうまく育てた愛もある

未知の世界教えてくれた人を恋う

生涯に何をしたかと言われても

だれか見てほしい路傍のゴミ拾い

繰り返し見る横綱の負け相撲

熟年の大志財布に逆らわず

負け越して今年悔いなし好きな道

おめでとう恩も恨みもないけれど

生き抜くぞ遺族年金楽しみに

半額セール結局2倍食べただけ

わけありの安値ともかく買っておく

苗の値段ほどは獲れたか茄子トマト

菜の花やC級グルメ作らんか

お清めの塩が良く合うゆで玉子

わが辞書に下ごしらえの文字はない

おおここに居たと取り出す冷凍庫

聞き上手と言われも一つ口出せず

悔いはなしベスト尽くしたワンダウン

あっさりとボツ選り抜きの自信作

害のない虫キッチンに居た不運

間に合った平手打ち蚊は赤く染め

あらためて問う絆とは何だろう
奉仕だと言いつつ見返り期待する
激論をさらりとかわし筋曲げず

欲しいもの足りて今いち物足りず

殺す気はなかった入り込んだ蝉

丸い人とほめられヒラで職終える

まだ歩ける行きたい国のリスト書く

羽田への機中買い足す義理の数

もう十年欲が出てくるパスポート

旅カラオケ年金楽しく消えて行く

気さくにと言われてかいた旅の恥

成田着すぐさま描く次の旅

猫の訃報やはりお悔み言うべきか

無駄づかいこれぞ経済活性化

秒読みに追われて指した絶妙手

半袖とコートこの春日替りに

とびきりの感動古書は百五円

生きがいと荷物わが子の裏表

すばらしい弔辞拍手がしたくなる
心にも無いこと言える筈がない
告白も別れも叩くキーボード

人妻を誘うパーティー昼下り

好きな人四五人ならぶ罪かしら

二三回楽しく外す人の道

美しい没句に詫びて選句評

孫を使い親を操る賢い子

ホーム探しただの趣味とも見えてくる

つまらぬ物でそれならばなぜ寄越す

まだ出るか四番煎じのダージリン

ほかに人いないの僕が社長とは

専業主夫妻は元気で留守が良い

取説に顕微鏡的ただし書き

蟻になきゆとり蟋蟀きりぎりす

不倫の香きれいに消して年賀状

期限切れ10年瓶詰めの風格

ロマン追うやはり先立つ物は要る

Reiwa SENRYU Selection 250
Honsho Shizumitsu Senryu collection

第三章 世の中

思いきり使ったあとの省資源

太子諭吉栄一三代を語る

電鉄のぬれせん銚子物語

コスモスも知って咲いたか地すべり地

叩き売り初値で買われ腑におちず

記録よりチームのためとうまい嘘

飢え知らぬ猫ねずみとは戦わず

山頂を外して憩うプロの顔

挫折など知らずもともとやる気なし

天才と努力家棲み分けて平和

中年の大志ピントがやや狂い

煌々と地球が昇る月の夜

名はアイスランド若草萌ゆる国
タベルナでもりもり食べるクロアチア
ワイパーの神様梅雨のバスツアー

渋滞の窓は紅葉のスクリーン

常磐線空気を運ぶグリーン車

なつかしい食堂車です北斗星

ガイドどう書こうとここは風俗街

日本の童話人も獣も殺さない

平常通り人身事故で遅れます

シルバーの家計をさらうのし袋

逆転自慢なぜ先制が出来ないか

マシーンの悲鳴どこかで過労死も

わが道を譲らず事故は十勝型

半年に利子1円とある哀れ

その晩に楽しく消えるバイト代

鯨だけ食べるなと言うエコ勝手

海流の歴史に椰子の実もゴミも

観光用と知ってか水車よく回る

止まらないスピーチやはり古稀の人

三回忌そろそろボーイフレンドも

定めなど知らず極楽とんぼ飛ぶ

遊ぶため働きますと悪びれず

半額を集めて早しノーレシピ

安上り違いのわからない男

素人ソング歌う天国聞く地獄

この町のルーツ若干血の匂い

ひとまわり付加価値つける竹の皮

ややいここは西陽の当たる部屋

ゴミ箱に新聞あさる合理主義

開かれた窓日射しあり花粉あり

デパ地下に多少値の張る季節感

クジ引きのポスト不思議とサマになる

ほめ殺しいつもきれいにありがとう

予報官春に3日の晴れなしと

ユーロ高遠くにありて悩むもの

焼き損じもう粘土には戻れない

吾輩は猫である鼠は捕らぬ

牛肉と馬鈴薯コロッケで食べる

暗夜行路軽くＬＥＤつけて

風立ちぬ猛暑日少し和らげて

太陽のない街錆びたアーケード

龍之介いわく河童も労働者

国を挙げてたかが蹴鞠に半徹夜

納豆で酒が飲めると歌にあり

進路よく当り台風楽しげに

木洩れ日にどんぐり散るや河童の碑

それなりの商魂のせてパック寿司

即席麺軽四輪は世界一

猛暑ブルース多治見熊谷館林

台風右折大東島の信号機

百均にブランド君は信じるか

イチコロ組よくぞ残ったベスト4

桜前線の終点紅葉の起点

クロネコのクールで締める鮭の旅

断層が原発止める時代感
再稼働は難し廃炉はなお難し
司法科学行政原発に渦を巻く

太陽光亡者みどりを切りつくす

復興の名で削る賃金絞る税

辞めて株高正直な資本主義

地球の光浴びてらくだは月を行く

性善説いま試される無人店

増えすぎた差別語文芸をしばる

昔の景気今は落ち込みの円安

ロブスターシュリンプザリガニ海老のうち

木に竹をつぐ本当は凄いこと

試験とはためす経験お気軽に

もう人口増えないのねと言う園児

ママが迷子ですと5歳の自己主張

本命だ義理だチョコ屋の売り上げだ

山笑う緑に萌える春の季語

大みそかだしぬけに来た筈はない

あとがき

川柳という短詩を知ったのは18歳で読んだ文学史参考書の古川柳（およそ入試とは無関係）が最初だが、その後中年になって見つけた現代川柳書の中に「佳句佳吟一読明快いつの世も（近江砂人）」という一見標語風の句に敬服し、今でも座右の銘としている。自分流にモディファイして「佳句佳吟一読快笑余韻あり」を目標にユーモア句を詠んでいるが、文芸川柳至上主義のいわゆる結社川柳界ではまず入選しない。かと言って大衆投句川柳の世界では、大体「一読爆笑余韻不問」であるからサラ川等にも出しにくい。そんな訳で現在二、三の句誌に細々と駄作を載せて頂いているのが関の山である。

句のリズムで言えば、大衆投句川柳の2割は中八である。これは故尾藤三柳氏の指摘を読んで、自分でも幾つか統計をとってみた事だが、数百句以上になるといずれも20～25％に落ち着くのは面白い。すなわち多くの大衆投句は、識者の言う偶数リズムすなわちタタ、タタ、タタ、タタの4節8音をフルに中八として使っているのである。上六は多くの川柳で許容されており、また下六は同じ偶数音のフル活用だが中八よりかなり少ない。要は偶数リズムを使い切る表現を川柳として認めるかどうかの問題で、これらをすべてＮＧとしたら川柳界の発展は望めない。勿論特定の柳壇又は結社が、ぴったり五七五の定律を求めることは当然あって良く、私もそこへ投句する時は当然定型に限定する。要するに形の多様性を認める事が重要であろう。

川柳を短歌・俳句と同じステータスに扱うのはまず無理であろう。俳人の夏石番矢氏が言うように、文芸性や歴史の問題では無く、単純に権力との距離と資本の蓄積量によるものだからである。しかし川柳の世界の広がりは、サラ川ジジババ川、更にテレビの即興クイズ題材など、大衆娯楽に深くセンリュウの名を刻んでいる事を誇るべきで、これを川柳の堕落などと言っていては川柳界全体の首をしめるだけである。一方近年では尾藤川柳氏などによる川柳史料の発掘と位置付けが進展著しく、これは近い将来に短歌俳句に次ぐ短詩文芸第三の座を明確にする成果であろう。

川柳マガジンの前身「オール川柳」に独りでボチボチ投句していた私は、00年（平成12年）ごろ同じ町内の太田紀伊子氏率いるつくばね川柳会の仲間に入り、更に一生一度の句集を作るつもりで新葉館の竹田麻衣子氏のお世話になった。このお二人には以後10数年、選句・講演・句集作成などにコキ使われ、最近では長野の川柳みすゞ吟社の深見多美夫編集長の指示で選句評などしているが、どれも私には皆良い経験であった。なお平均余命は6年足らずで、終活としてはダンス・歌・旅行の順に卒業せざるを得ないが、川柳は作句・選句評とも健康寿命の最後まで続けられれば幸せである。終りに、日頃から種々お世話と好意的批評を頂いている茨城県川柳作家・マネージャー各位に深く謝意を表する次第です。

二〇二二年七月吉日

本荘静光

●著者略歴

本 荘 静 光（ほんしょう・しずみつ）

1934年東京都生まれ。茨城県在住。

東京大学地球物理学科卒。技術士（応用理学）。

工業技術院地質調査所、（財）電力中央研究所、総合地質調査（株）に勤務。2014年度退職。つくばね番傘川柳会、川柳マガジンクラブ茨城句会、川柳みすゞ吟社の各川柳会に所属。著書に「川柳作家ベストコレクション 本荘静光」「セミ・ユーモア川柳」「セカンド・ユーモア川柳」「未完成ユーモア川柳」。家族は妻と子３人（旭川、仙台、女満別）。他の趣味は歌、ダンス、旅行、短歌など。

令和川柳選集

終活ユーモア句集

○

2022年 9 月23日　初　版

著　者

本 荘 静 光

発行人

松 岡 恭 子

発行所

新 葉 館 出 版

大阪市東成区玉津1丁目9-16 4F　〒537-0023

TEL06-4259-3777㈹　FAX06-4259-3888

https://shinyokan.jp/

○

定価はカバーに表示してあります。

ISBN978-4-8237-1164-0